ISBN : 978-2-07-507770-5
© Gallimard Jeunesse 2017
Numéro d'édition : 354089
Loi n° 49-956 du 16 juillet 1949
sur les publications destinées à la jeunesse
Premier dépôt légal : septembre 2017
Dépôt légal : mai 2019
Imprimé en France par Pollina - 88243

Comme toi

Jean-Baptiste Del Amo · Pauline Martin

Gallimard Jeunesse

Comme toi, je vis entouré de ceux que j'aime.
Parents, frères ou sœurs, cousins, amis…

J'ai moi aussi une famille.

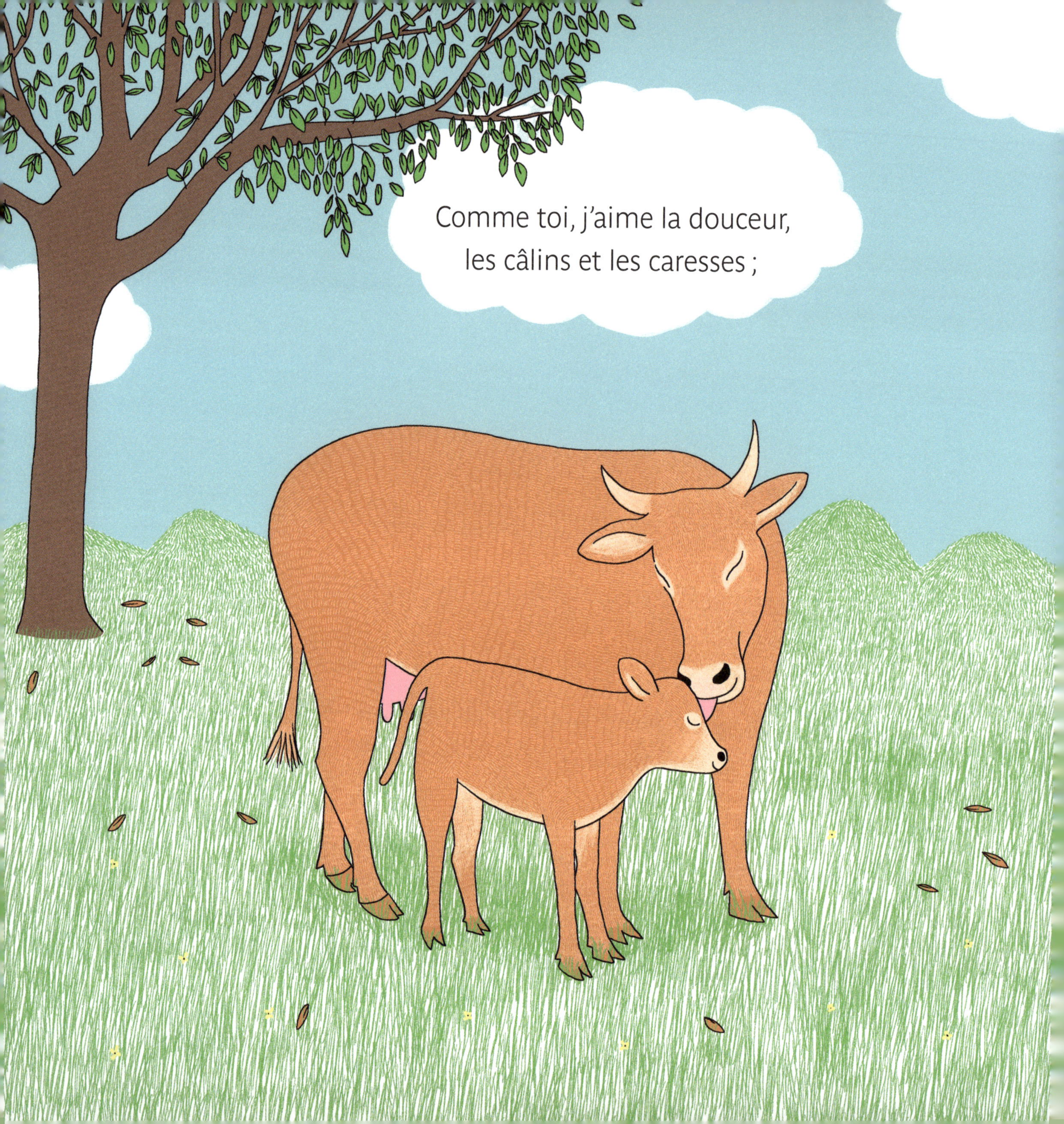

Comme toi, j'aime la douceur,
les câlins et les caresses ;

savoir que quelqu'un me protège.

Comme toi, j'aime me sentir bien,
au chaud dans mon petit nid,

à l'abri de la pluie.

Comme toi, j'aime jouer
avec mes copains,

et parfois faire des bêtises.

Comme toi, j'ai des émotions,
je suis heureux ou je suis triste.

Je n'aime pas du tout avoir mal !

Comme toi, j'ai mon caractère.

Je suis unique
parmi tous mes semblables.

Comme toi, j'ai parfois peur.
Quand il fait noir, quand je suis seul,

lorsque les ombres menacent…

Comme toi, j'aime manger
et avoir le ventre bien rempli.

Mais j'ai aussi
mes plats favoris.

Comme toi, je m'exprime.

Je caquette,

je cancanne,

je glougloute

ou je ronronne.

Je sais me faire
comprendre.

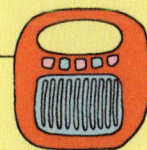

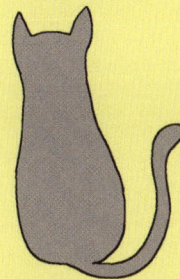

Comme toi, j'aime être libre
de courir, de sauter,

de nager ou de voler…

Comme toi, j'apprends des choses
en voyant faire les plus grands.

Chaque jour est une découverte!

Comme toi, je fais partie de ce monde fragile et beau.
Nous le partageons tous ensemble.

Et même si nous sommes différents,
j'ai moi aussi un cœur qui bat.